# DES DESTINÉES

DE

# LA POÉSIE.

IMPRIMERIE DE H. FOURNIER,
RUE DE SEINE, N. 14.

# DES DESTINÉES

DE

# LA POÉSIE,

PAR

M. A. DE LAMARTINE,

DE L'ACADÉMIE FRANÇAISE.

PARIS,

LIBRAIRIE DE CHARLES GOSSELIN,

RUE SAINT-GERMAIN-DES-PRÉS, N. 9;

LIBRAIRIE DE FURNE,

QUAI DES AUGUSTINS, N. 39.

M DCCC XXXIV.

# DES DESTINÉES DE LA POÉSIE.

L'homme n'a rien de plus inconnu autour de lui que l'homme même. Les phénomènes de sa pensée, les lois de sa civilisation, les phases de ses progrès ou de ses décadences, sont les mystères qu'il a le moins pénétrés. Il connaît mieux la marche des globes célestes qui roulent à des millions de lieues de la portée de ses faibles sens, qu'il ne connaît les routes terrestres par lesquelles la destinée humaine le conduit à son insu; il sent qu'il gravit vers quelque chose, mais il ne sait où va son esprit, il ne peut dire à quel point précis de son chemin il se trouve. Jeté loin de la vue des rivages sur l'immensité des mers, le pilote peut prendre hauteur et marquer avec le compas la ligne du globe qu'il traverse ou qu'il suit; l'esprit humain ne le peut pas; il n'a rien hors de soi-même à quoi il puisse mesurer sa marche, et toutes les fois qu'il dit : Je suis ici; je vais là; j'avance, je recule, je m'arrête; il se trouve qu'il s'est trompé et qu'il a menti à son histoire, histoire qui n'est écrite que bien longtemps après qu'il a passé, qui jalonne ses traces après qu'il les a imprimées sur la terre, mais qui d'avance ne peut lui tracer son chemin. Dieu seul connaît le but et la route, l'homme ne sait rien; faux prophète, il prophétise à tout hasard, et quand les choses futures éclosent au rebours de ses prévisions, il n'est plus là pour recevoir le démenti de la destinée, il est couché dans sa nuit et dans son silence; il dort son sommeil, et d'autres générations écrivent sur sa poussière d'autres rêves aussi vains, aussi fugitifs que les siens! Religion, politique, philosophie, systèmes, l'homme a prononcé sur tout, il s'est trompé sur tout, il a cru tout définitif, et tout s'est modifié; tout immortel, et tout a péri; tout véritable, et tout a menti! Mais ne parlons que de poésie.

Je me souviens qu'à mon entrée dans le monde, il n'y avait qu'une voix sur l'irrémédiable décadence, sur la mort accomplie et déjà froide de cette mystérieuse faculté de l'esprit humain. C'était l'époque de l'empire; c'était l'heure de l'incarnation de la philosophie matérialiste du 18e siècle dans le gouvernement et dans les mœurs. Tous ces hommes géométriques qui seuls avaient alors la parole et qui nous écrasaient, nous autres jeunes hommes, sous l'insolente tyrannie de leur triomphe, croyaient avoir desséché pour toujours en nous ce qu'ils étaient parvenus en effet à flétrir et à tuer en eux, toute la partie morale, divine, mélodieuse, de la pensée humaine. Rien ne peut peindre à ceux qui ne l'ont pas subi, l'orgueilleuse stérilité de cette époque. C'était le sourire satanique d'un génie infernal quand il est parvenu à dégrader une génération tout entière, à déraciner tout un enthousiasme national, à tuer une vertu dans le monde; ces hommes avaient le même sentiment de triomphante impuissance dans le cœur et sur les lèvres, quand ils nous disaient : amour, philosophie, religion, enthousiasme, liberté, poésie; néant que tout cela! Calcul et force, chiffre et sabre, tout est là. Nous ne croyons que ce qui se prouve, nous ne sentons que ce qui se touche; la poésie est morte avec le spiritualisme dont elle était née; et ils disaient vrai; elle était morte dans leurs ames, morte dans leurs intelligences, morte en eux et autour d'eux. Par un sûr et prophétique instinct de leur destinée, ils tremblaient qu'elle ne ressuscitât dans le monde avec la liberté; ils en jetaient au vent les moindres racines à mesure qu'il en germait sous leurs pas, dans leurs écoles, dans leurs lycées, dans leurs gymnases, surtout dans leurs noviciats militaires et polytechniques. Tout était organisé contre cette résurrection du sentiment moral et poétique; c'était une ligue universelle des études mathématiques contre la pensée et la poésie. Le chiffre seul était permis, honoré, protégé, payé. Comme le chiffre ne raisonne pas, comme c'est un merveilleux instrument passif de tyrannie qui ne demande jamais à quoi on l'emploie, qui n'examine nullement si on le fait servir à l'oppression du genre humain ou à sa délivrance, au meurtre de l'esprit ou à son émancipation, le chef militaire de cette époque ne voulait pas d'autre missionnaire, pas d'autre séide, et ce séide le servait bien. Il n'y avait pas une idée en Europe qui ne fût foulée sous son talon, pas une bouche qui ne fût bâillonnée par sa main de plomb. Depuis ce temps, j'abhorre le chiffre, cette négation de toute pensée, et il m'est resté contre cette puissance des mathématiques exclusive et jalouse le même sentiment, la même horreur qui reste au forçat contre les fers durs et glacés rivés sur ses membres et dont il croit éprouver encore la froide et meurtrissante impression quand il entend le cliquetis d'une chaîne. Les mathématiques étaient les chaînes de la pensée humaine. Je respire; elles sont brisées!

— Deux grands génies que la tyrannie surveillait d'un œil inquiet, protestaient seuls contre cet arrêt de mort de l'ame, de l'intelligence et de la poésie, Mme de Staël et M. de Châteaubriand. Mme de Staël, génie mâle dans un corps de femme : esprit tourmenté par la surabondance de sa force, remuant, passionné, audacieux, capable de généreuses et soudaines résolutions, ne pouvant respirer dans cette atmosphère de lâcheté et de servitude, demandant de l'espace et de l'air autour d'elle, attirant, comme par un instinct magnétique, tout ce qui sentait fermenter en soi un sentiment de résistance ou d'indignation concentrée, à elle seule, conspiration vivante, aussi capable d'ameuter les hautes intelligences contre cette tyrannie de la médiocrité régnante, que de mettre le poignard dans la main des conjurés ou de se frapper elle-même pour rendre à son ame la liberté qu'elle aurait voulu rendre au monde! Créature d'élite et d'exception dont la nature n'a pas donné deux épreuves; réunissant en elle Corinne et Mirabeau! Tribun sublime, au cœur tendre et expansif de la femme; femme adorable et miséricordieuse avec le génie des Gracques et la main du dernier des Catons! Ne pouvant susciter un généreux élan dans sa patrie, dont on la repoussait comme on éloigne l'étincelle d'un édifice de chaume, elle se réfugiait dans la pensée de l'Angleterre et de l'Allemagne, qui seules vivaient alors de vie morale, de poésie et de philosophie, et lançait de là dans le monde ces pages sublimes et palpitantes que le pilon de la police écrasait, que la douane de la pensée déchirait à la frontière, que la tyrannie faisait bafouer par ses grands hommes jurés, mais dont les lambeaux échappés à leurs mains flétrissantes venaient nous consoler de notre avilissement intellectuel, et nous apporter à l'oreille et au cœur ce souffle lointain de morale, de poésie, de liberté que nous ne pouvions respirer sous la coupe pneumatique de l'esclavage et de la médiocrité.

M. de Châteaubriand, génie alors plus mélancolique et plus suave, mémoire harmonieuse et enchantée d'un passé dont nous foulions les cendres et dont nous retrouvions l'ame en lui; imagination homérique jetée au milieu de nos convulsions sociales, semblable à ces belles colonnes de Palmyre, restées debout et éclatantes, sans brisure et sans tache, sur les tentes noires et déchirées des Arabes, pour faire comprendre, admirer et pleurer le monument qui n'est plus! Homme qui cherchait l'étincelle du feu sacré dans les débris du sanctuaire, dans les ruines encore fumantes des temples chrétiens, et qui, séduisant les démolisseurs même par la pitié, et les indifférens par le génie, retrouvait des dogmes dans le cœur, et rendait de la foi à l'imagination! Les mots de liberté et de vertu politique sonnaient moins souvent et moins haut dans ses pages toutes poétiques; ce n'était pas le Dante d'une Florence asservie, c'était le Tasse d'une patrie perdue, d'une famille de rois proscrits, chantant ses amours trompés, ses autels renversés, ses tours démolies, ses dieux et ses rois chassés, les chantant à l'oreille des proscripteurs, sur les bords même des fleuves de la patrie; mais son ame grande et généreuse donnait aux chants du poète quelque chose de l'accent du citoyen. Il remuait toutes les fibres généreuses de la poitrine, il ennoblissait la pensée, il ressuscitait l'ame; c'était assez pour tourmenter le sommeil des geôliers de notre intelligence. Par je ne sais quel instinct de leur nature, ils pressentaient un vengeur dans cet homme qui les charmait malgré eux. Ils savaient que tous les nobles sentimens se touchent et s'engendrent, et que dans des cœurs où vibrent le sentiment religieux et les pensées mâles et indépendantes, leur tyrannie aurait à trouver des juges, et la liberté des complices.

Depuis ces jours, j'ai aimé ces deux génies précurseurs qui m'apparurent, qui me consolèrent à mon entrée dans la vie; Staël et Châteaubriand; ces deux noms remplissent bien du vide, éclairent bien de l'ombre! Ils furent pour nous comme deux protestations vivantes contre l'oppression de l'ame et du cœur, contre le dessèchement et l'avilissement du siècle; ils furent l'aliment de nos toits solitaires, le pain caché de nos ames refoulées; ils prirent sur nous comme un droit de famille, ils furent de notre sang, nous fûmes du leur, et il est peu d'entre nous qui ne leur doive ce qu'il fut, ce qu'il est, ou ce qu'il sera.

En ce temps-là, je vivais seul, le cœur débordant de sentimens comprimés, de poésie trompée, tantôt à Paris noyé dans cette foule où l'on ne coudoyait que des courtisans ou des soldats; tantôt à Rome, où l'on n'entendait d'autre bruit que celui des pierres qui tombaient une à une dans le désert de ses rues abandonnées; tantôt à Naples, où le ciel tiède, la mer bleue, la terre embaumée m'enivraient sans m'assoupir, et où une voix intérieure me disait toujours qu'il y avait quelque chose de plus vivant, de plus noble, de plus délicieux pour l'ame que cette vie engourdie des sens et que cette voluptueuse mollesse de sa musique et de ses amours. Plus souvent je rentrais à la campagne pour passer la mélancolique automne dans la maison solitaire de mon père et de ma mère, dans la paix, dans le silence, dans la sainteté domestique des douces impressions du foyer; le jour, courant les forêts, le soir, lisant ce que je trouvais sur les vieux rayons de ces bibliothèques de famille.

Job, Homère, Virgile, Le Tasse, Milton, Rousseau, et surtout Ossian et *Paul et Virginie ;* ces livres amis me parlaient dans la solitude la langue de mon cœur; une langue d'harmonie, d'images et de passion; je vivais tantôt avec l'un, tantôt avec l'autre, ne les changeant que quand je les avais pour ainsi dire épuisés. Tant que je vivrai, je me souviendrai de certaines heures de l'été que je passais couché sur l'herbe dans une clairière des bois, à l'ombre d'un vieux tronc de pommiers sauvages, en lisant la *Jérusalem délivrée*, et de tant de soirées d'automne ou d'hiver passées à errer sur les collines déjà couvertes de brouillards et de givre, avec Ossian ou *Werther* pour compagnon; tantôt soulevé par l'enthousiasme intérieur qui me dévorait, courant sur les bruyères comme porté par un esprit qui empêchait mes pieds de toucher le sol, tantôt assis sur une roche grisâtre, le front dans mes mains, écoutant, avec un sentiment qui n'a pas de nom, le souffle aigu et plaintif des bises d'hiver, ou le roulis des lourds nuages qui se brisaient sur les angles de la montagne; ou la voix aérienne de l'alouette que le vent emportait toute chantante dans son tourbillon, comme ma pensée plus forte que moi emportait mon ame. Ces impressions étaient-elles joie ou tristesse, douleur ou souffrance? Je ne pourrais le dire; elles participaient de tous les sentimens à la fois. C'était de l'amour et de la religion, des pressentimens de la vie future délicieux et tristes comme elle, des extases et des découragemens, des horizons de lumière et des abîmes de ténèbres, de la joie et des larmes, de l'avenir et du désespoir! C'était la nature parlant par ces mille voix au cœur encore vierge de l'homme; mais enfin c'était de la poésie. Cette poésie, j'essayais quelquefois de l'exprimer dans des vers; mais ces vers, je n'avais personne à qui les faire entendre; je me les lisais quelques jours à moi-même; je trouvais avec étonnement, avec douleur, qu'ils ne ressemblaient pas à tous ceux que je lisais dans les recueils ou dans les volumes du jour. Je me disais : on ne voudra pas les lire, ils paraîtront étranges, bizarres, insensés, et je les brûlais à peine écrits. J'ai anéanti ainsi des volumes de cette première et vague poésie du cœur, et j'ai bien fait, car à cette époque, ils seraient éclos dans le ridicule, et morts dans le mépris de tout ce qu'on appelait la littérature. Ce que j'ai écrit depuis ne valait pas mieux, mais le temps avait changé; la poésie était revenue en France avec la liberté, avec la pensée, avec la vie morale que nous rendit la restauration. Il semble que le retour des Bourbons et de la liberté en France donnât une inspiration nouvelle, une autre ame à la littérature opprimée ou endormie de ce temps; et nous vîmes surgir alors une foule de ces noms célèbres dans la poésie ou dans la philosophie qui peuplent encore nos académies, et qui forment le chaînon brillant de la transition des deux époques. Qui m'aurait dit alors, que quinze ans plus tard, la poésie inonderait l'ame de toute la jeunesse française, qu'une foule de talens d'un ordre divers et nouveau, auraient surgi de cette terre morte et froide; que la presse multipliée à l'infini ne suffirait pas à répandre les idées ferventes d'une armée de jeunes écrivains ; que les drames se heurteraient à la porte de tous les théâtres; que l'ame lyrique et religieuse d'une génération de bardes chrétiens inventerait une nouvelle langue pour révéler des enthousiasmes inconnus ; que la liberté, la foi, la philosophie, la politique, les doctrines les plus antiques comme les plus neuves, lutteraient à la face du soleil, de génie, de gloire, de talens et d'ardeur, et qu'une vaste et sublime mêlée des intelligences, couvrirait la France et le monde du plus beau comme du plus hardi mouvement intellectuel qu'aucun de nos siècles eût encore vu? Qui m'eût dit cela alors, je ne l'aurais pas cru, et cependant cela est. La poésie n'était donc pas morte dans les ames comme on le disait dans ces années de scepticisme et d'algèbre, et puisqu'elle n'est pas morte à cette époque, elle ne meurt jamais.

Tant que l'homme ne mourra pas lui-même, la plus belle faculté de l'homme peut-elle mourir? Qu'est-ce en effet que la poésie? comme tout ce qui est divin en nous, cela ne peut se définir par un mot ni par mille. C'est l'incarnation de ce que l'homme a de plus intime dans le cœur, et de plus divin dans la pensée; dans ce que la nature visible a de plus magnifique dans les images et de plus mélodieux dans les sons! C'est à la fois sentiment et sensation, esprit et matière, et voilà pourquoi c'est la langue complète, la langue par excellence qui saisit l'homme par son humanité tout entière, idée pour l'esprit, sentiment pour l'ame, image pour l'imagination, et musique pour l'oreille! Voilà pourquoi cette langue, quand elle est bien parlée, foudroie l'homme comme la foudre, et l'anéantit de conviction intérieure et d'évidence irréfléchie, ou l'enchante comme un philtre et le berce immobile et charmé comme un enfant dans son berceau aux refrains sympathiques de la voix d'une mère! Voilà pourquoi aussi l'homme ne peut ni produire ni supporter beaucoup de poésie; c'est que le saisissant tout entier par l'ame et par les sens, et exaltant à la fois sa double faculté, la pensée par la pensée, les sens par les sensations, elle l'épuise, elle l'accable bientôt comme toute jouissance trop complète d'une voluptueuse fatigue, et lui fait rendre en peu de vers, en peu d'instans, tout ce qu'il y a de vie intérieure et de force de sentiment dans sa double organisation. La prose ne s'adresse qu'à l'idée; le vers parle à l'idée et à la sensation tout à la fois. Cette langue toute mystérieuse, toute instinctive qu'elle soit, ou plutôt par cela même qu'elle est instinctive et mystérieuse, cette langue ne mourra jamais! Elle n'est point, comme on n'a cessé de le dire malgré les démentis successifs de toutes les époques, elle n'est pas seulement la langue de l'enfance des peuples, le balbutiement de l'intelligence humaine; elle est la langue de tous les âges de l'humanité, naïve et simple au berceau des nations, conteuse et merveilleuse comme la nourrice au chevet de l'enfant, amoureuse et pastorale chez les peuples jeunes et pasteurs, guerrière et épique chez les hordes guerrières et conquérantes, mystique, lyrique, prophétique ou sentencieuse dans les théocraties de l'Égypte ou de la Judée; grave, philosophique et corruptrice dans les civilisations avancées de Rome, de Florence ou de Louis XIV; échevelée et hurlante aux époques de convulsions et de ruines, comme en 93; neuve, mélancolique, incertaine, timide et audacieuse, tout à la fois, aux jours de renaissance et de reconstruction sociale comme aujourd'hui! Plus tard à la vieillesse des peuples, triste, sombre, gémissante et découragée comme eux, et respirant à la fois dans ses strophes, les pressentimens lugubres, les rêves fantastiques des dernières catastrophes du monde, et les fermes et divines espérances d'une résurrection de l'humanité sous une autre forme : voilà la poésie. C'est l'homme même, c'est l'instinct de toutes ses époques, c'est l'écho intérieur de toutes ses impressions humaines, c'est la voix de l'humanité pensant et sentant, résumée et modulée par certains hommes, plus hommes que le vulgaire, *mens divinior*, et qui plane sur ce bruit tumultueux et confus des générations et dure après elles, et qui rend témoignage à la postérité de leurs gémissemens ou de leurs joies, de leurs faits ou de leurs idées. Cette voix ne s'éteindra jamais dans le monde; car ce n'est pas l'homme qui l'a inventée. C'est Dieu même qui la lui a donnée, et c'est le premier cri qui est remonté à lui de l'humanité! Ce sera aussi le dernier cri que le créateur entendra s'élever de son

œuvre, quand il la brisera. Sortie de lui, elle remontera à lui!

Un jour, j'avais planté ma tente dans un champ rocailleux, où croissaient quelques troncs d'oliviers noueux et rabougris, sous les murs de Jérusalem, à quelques centaines de pas de la tour de David, un peu au-dessus de la fontaine de Siloé, qui coule encore sur les dalles usées de sa grotte, non loin du tombeau du poète-roi qui l'a si souvent chantée. Les hautes et noires terrasses qui portaient jadis le temple de Salomon s'élevaient à ma gauche, couronnées par les trois coupoles bleues et par les colonnettes légères et aériennes de la mosquée d'Omar, qui plane aujourd'hui sur les ruines de la maison de Jehovah; la ville de Jérusalem que la peste ravageait alors était tout inondée des rayons d'un soleil éblouissant répercutés sur ses mille dômes, sur ses marbres blancs, sur ses tours de pierre dorée, sur ses murailles polies par les siècles et par les vents salins du lac Asphaltite; aucun bruit ne montait de son enceinte muette et morne comme la couche d'un agonisant; ses larges portes étaient ouvertes et l'on apercevait de temps en temps le turban blanc et le manteau rouge du soldat arabe, gardien inutile de ces portes abandonnées; rien ne venait, rien ne sortait; le vent du matin soulevait seul la poudre ondoyante des chemins et faisait un moment l'illusion d'une caravane; mais quand la bouffée de vent avait passé, quand elle était venue mourir en sifflant sur les créneaux de la tour des Pisans ou sur les trois palmiers de la maison de Caïphe, la poussière retombait, le désert apparaissait de nouveau et le pas d'aucun chameau, d'aucun mulet, ne retentissait sur les pavés de la route. Seulement, de quart d'heure en quart d'heure les deux battans ferrés de toutes les portes de Jérusalem s'ouvraient, et nous voyions passer les morts que la peste venait d'achever, et que deux esclaves nus portaient sur un brancard aux tombes répandues tout autour de nous.

Quelquefois un long cortége de Turcs, d'Arabes, d'Arméniens, de Juifs accompagnaient le mort et défilaient en chantant entre les troncs d'oliviers, puis rentraient à pas lents et silencieusement dans la ville; plus souvent les morts étaient seuls, et quand les deux esclaves avaient creusé de quelques palmes le sable ou la terre de la colline et couché le pestiféré dans son dernier lit, ils s'asseyaient sur le tertre même qu'ils venaient d'élever, se partageaient les vêtemens du mort, et allumant leurs longues pipes, ils fumaient en silence et regardaient la fumée de leurs chibouks monter en légère colonne bleue et se perdre gracieusement dans l'air limpide, vif et transparent de ces journées d'automne. A mes pieds, la vallée de Josaphat s'étendait comme un vaste sépulcre; le Cédron tari la sillonnait d'une déchirure blanchâtre, toute semée de gros cailloux, et les flancs des deux collines qui la cernent étaient tout blancs de tombes et de turbans sculptés, monument banal des Osmanlis; un peu sur la droite, la colline des Oliviers s'affaissait et laissait, entre les chaînes éparses des cônes volcaniques des montagnes nues de Jéricho et de Saint-Sabba, l'horizon s'étendre et se prolonger comme une avenue lumineuse entre des cimes de cyprès inégaux; le regard s'y jetait de lui-même, attiré par l'éclat azuré et plombé de la mer Morte, qui luisait au pied des degrés de ces montagnes, et derrière, la chaîne bleue des montagnes de l'Arabie Pétrée bornait l'horizon. Mais borner n'est pas le mot, car ces montagnes semblaient transparentes comme le cristal et l'on voyait ou l'on croyait voir au-delà un horizon vague et indéfini s'étendre encore et nager dans les vapeurs ambiantes d'un air teint de pourpre et de céruse.

C'était l'heure de midi, l'heure où le Muézin épie le soleil sur la plus haute galerie du minaret, et chante l'heure et la prière à toutes les heures. Voix vivante, animée, qui sait ce qu'elle dit et ce qu'elle chante, bien supérieure, à mon avis, à la voix stupide et sans conscience de la cloche de nos cathédrales. Mes Arabes avaient donné l'orge dans le sac de poil de chèvre à mes chevaux attachés çà et là autour de ma tente; les pieds enchaînés à des anneaux de fer, ces beaux et doux animaux étaient immobiles; leur tête penchée et ombragée par leur longue crinière éparse, leur poil gris luisant et fumant sous les rayons d'un soleil de plomb. Les hommes s'étaient rassemblés à l'ombre du plus large des oliviers; ils avaient étendu sur la terre leur natte de damas, et ils fumaient en se contant des histoires du désert, ou en chantant des vers d'Antar. Antar, ce type de l'Arabe errant, à la fois pasteur, guerrier et poète, qui a écrit le désert tout entier dans ses poésies nationales; épique comme Homère, plaintif comme Job, amoureux comme Théocrite, philosophe comme Salomon. Ses vers qui endorment ou exaltent l'imagination de l'Arabe autant que la fumée du tombach dans le narguilé (1) retentissaient en

(1) Pipe où le tabac passe dans l'eau avant d'arriver à la bouche.

sons gutturaux dans le groupe animé de mes Saïs et quand le poète avait touché plus juste ou plus fort la corde sensible de ces hommes sauvages, mais impressionnables, on entendait un léger murmure de leurs lèvres; ils joignaient leurs mains, les élevaient au-dessus de leurs oreilles, et inclinant la tête, ils s'écriaient tour à tour : *Allah! Allah! Allah!* A quelques pas de moi, une jeune femme turque pleurait son mari sur un de ces petits monumens de pierre blanche dont toutes les collines autour de Jérusalem sont parsemées; elle paraissait à peine avoir dix-huit ou vingt ans, et je ne vis jamais une si ravissante image de la douleur. Son profil, que son voile rejeté en arrière me laissait entrevoir, avait la pureté de lignes des plus belles têtes du Parthénon, mais en même temps la mollesse, la suavité et la gracieuse langueur des femmes de l'Asie, beauté bien plus féminine, bien plus amoureuse, bien plus fascinante pour le cœur que la beauté sévère et mâle des statues grecques. Ses cheveux, d'un blond bronzé et doré comme le cuivre des statues antiques, couleur très-estimée dans ce pays du soleil, dont elle est comme un reflet permanent, ses cheveux détachés de sa tête tombaient autour d'elle et balayaient littéralement le sol; sa poitrine était entièrement découverte selon la coutume des femmes de cette partie de l'Arabie, et quand elle se baissait pour embrasser la pierre du turban ou pour coller son oreille à la tombe, ses deux seins nus touchaient la terre et creusaient leur moule dans la poussière, comme ce moule du beau sein d'Atala ensevelie, que le sable du sépulcre dessinait encore, dans l'admirable épopée de M. de Châteaubriand. Elle avait jonché de toutes sortes de fleurs le tombeau et la terre alentour; un beau tapis de damas était étendu sous ses genoux; sur le tapis il y avait quelques vases de fleurs et une corbeille pleine de figues et de galettes d'orge, car cette femme devait passer la journée entière à pleurer ainsi. Un trou creusé dans la terre et qui était censé correspondre à l'oreille du mort, lui servait de porte-voix vers cet autre monde où dormait celui qu'elle venait visiter. Elle se penchait de momens en momens vers cette étroite ouverture; elle y chantait des choses entremêlées de sanglots, elle y collait ensuite l'oreille comme si elle eût entendu la réponse, puis elle se remettait à chanter en pleurant encore! J'essayais de comprendre les paroles qu'elle murmurait ainsi et qui venaient jusqu'à moi; mais mon drogman arabe ne put les saisir ou les rendre. Combien je les regrette! que de secrets de l'amour et de la douleur! que de soupirs animés de toute la vie de deux ames arrachées l'une à l'autre, ces paroles confuses et noyées de larmes devaient contenir! Oh! si quelque chose pouvait jamais réveiller un mort, c'étaient de pareilles paroles murmurées par une pareille bouche!

A deux pas de cette femme, sous un morceau de toile noire soutenue par deux roseaux fichés en terre pour servir de parasol, ses deux petits enfans jouaient avec trois esclaves noires d'Abyssinie, accroupies comme leur maîtresse, sur le sable que recouvrait un tapis. Ces trois femmes, toutes les trois jeunes et belles aussi, aux formes sveltes et au profil aquilin des nègres de l'Abyssinie, étaient groupées dans des attitudes diverses comme trois statues tirées d'un seul bloc. L'une avait un genou en terre et tenait sur l'autre genou un des enfans qui tendait ses bras du côté où pleurait sa mère; l'autre avait ses deux jambes repliées sous elle et ses deux mains jointes comme la Madelaine de Canova sur son tablier de toile bleue; la troisième était debout un peu penchée sur ses deux compagnes, et, se balançant à droite et à gauche, berçait contre son sein à peine dessiné le plus petit des enfans qu'elle essayait en vain d'endormir. Quand les sanglots de la jeune veuve arrivaient jusqu'aux enfans, ceux-ci se prenaient à pleurer, et les trois esclaves noires, après avoir répondu par un sanglot à celui de leur maîtresse, se mettaient à chanter des airs assoupissans et des paroles enfantines de leur pays pour apaiser les deux enfans.

C'était un dimanche; à deux cents pas de moi, derrière les murailles épaisses et hautes de Jérusalem, j'entendais sortir par bouffées de la noire coupole du couvent grec les échos éloignés et affaiblis de l'office des vêpres. Les hymnes et les psaumes de David s'élevaient après trois mille ans, rapportées par des voix étrangères et dans une langue nouvelle sur ces mêmes collines qui les avaient inspirés; et je voyais sur les terrasses du couvent quelques figures de vieux moines de Terre Sainte aller et venir leur bréviaire à la main, et murmurant ces prières murmurées déjà par tant de siècles dans des langues et dans des rhythmes divers!

Et moi j'étais là aussi pour chanter toutes ces choses; pour étudier les siècles à leur berceau; pour remonter jusqu'à sa source le cours inconnu d'une civilisation, d'une religion, pour m'inspirer de l'esprit des lieux et du sens caché des histoires et des monumens sur ces bords qui furent le point de départ du monde moderne, et pour nourrir d'une sagesse plus réelle et d'une philosophie plus vraie, la poésie grave et pensée de l'époque avancée où nous vivons!

Cette scène jetée par hasard sous mes yeux, et recueillie dans un de mes mille souvenirs de voyages, me présenta les destinées et les phases presque complètes de toute poésie : les trois esclaves noires berçant les enfans avec les chansons naïves et sans pensée de leur pays, la poésie pastorale et instinctive de l'enfance des nations; la jeune veuve turque, pleurant son mari en chantant ses sanglots à la terre, la poésie élégiaque et passionnée, la poésie du cœur. Les soldats et les mukres arabes, récitant des fragmens belliqueux amoureux et merveilleux d'Antar, la poésie épique et guerrière des peuples nomades ou conquérans; les moines grecs chantant les psaumes sur leurs terrasses solitaires, la poésie sacrée et lyrique des âges d'enthousiasme et de renovation religieuse. Et moi, méditant sous ma tente, et recueillant des vérités historiques ou des pensées sur toute la terre, la poésie de philosophie et de méditation, fille d'une époque où l'humanité s'étudie et se résume elle-même jusque dans les chants dont elle amuse ses loisirs.

Voilà la poésie tout entière dans le passé; mais dans l'avenir que sera-t-elle?

Un autre jour, deux mois plus tard, j'avais traversé les sommets du Sannim, couverts de neiges éternelles, et j'étais redescendu du Liban couronné de son diadème de cèdres, dans le désert nu et stérile d'Héliopolis. A la fin d'une journée de route pénible et longue, à l'horizon encore éloigné devant nous sur les derniers degrés des montagnes noires de l'Anti-Liban, un groupe immense de ruines jaunes, dorées par le soleil couchant, se détachaient de l'ombre des montagnes et répercutaient les rayons du soir! Nos guides nous les montraient du doigt, et criaient : Balbek! Balbek! C'était en effet la merveille du désert, la fabuleuse Balbek qui sortait tout éclatante de son sépulcre inconnu pour nous raconter des âges dont l'histoire a perdu la mémoire. Nous avancions lentement aux pas de nos chevaux fatigués, les yeux attachés sur les murs gigantesques, sur les colonnes éblouissantes et colossales qui semblaient s'étendre, grandir, s'allonger à mesure que nous en approchions; un profond silence régnait dans toute notre caravane; chacun aurait craint de perdre une impression de cette scène en communiquant celle qu'il venait d'avoir; les Arabes même se taisaient et semblaient recevoir aussi une forte et grave pensée de ce spectacle qui nivelle toutes les pensées. Enfin, nous touchâmes aux premiers blocs de marbre, aux premiers tronçons de colonnes que les tremblemens de terre ont secoués jusqu'à plus d'un mille des monumens même, comme les feuilles sèches jetées et roulées loin de l'arbre après l'ouragan. Les profondes et larges carrières qui déchirent, comme des gorges de vallées, les flancs noirs de l'Anti-Liban, ouvraient déjà leurs abîmes sous les pas de nos chevaux; ces vastes bassins de pierre dont les parois gardent encore les traces profondes du ciseau qui les a creusées pour en tirer d'autres collines de pierre, montraient encore quelques blocs gigantesques à demi détachés de leur base, et d'autres entièrement taillés sur leurs quatre faces, et qui semblent n'attendre que les chars ou les bras des générations de géans pour les mouvoir. Un seul de ces *moellons* de Balbek avait soixante-deux pieds de long sur vingt-quatre pieds de largeur, et seize pieds d'épaisseur. Un de nos Arabes, descendant de cheval, se laissa glisser dans la carrière, et grimpant sur cette pierre en s'accrochant aux entaillures du ciseau et aux mousses qui y ont pris racine, il monta sur ce piédestal, et courut çà et là sur cette plate-forme, en poussant des cris sauvages; mais le piédestal écrasait par sa masse l'homme de nos jours, l'homme disparaissait devant son œuvre. Il faudrait la force réunie de soixante mille hommes de notre temps pour soulever seulement cette pierre; et les plates-formes des temples de Balbek en montrent de plus colossales encore, élevées à vingt-cinq ou trente pieds du sol, pour porter des colonnades proportionnées à ces bases!

Nous suivîmes notre route entre le désert à gauche et les ondulations de l'Anti-Liban à droite, en longeant quelques petits champs cultivés par les Arabes pasteurs, et le lit d'un large torrent qui serpente entre les ruines, et aux bords duquel s'élèvent quelques beaux noyers. L'acropolis, ou la colline artificielle qui porte tous les grands monumens d'Héliopolis, nous apparaissait çà et là entre les rameaux et au-dessus de la tête des grands arbres; enfin nous la découvrîmes tout entière, et toute la caravane s'arrêta comme par un instinct électrique. Aucune plume, aucun pinceau ne pourrait décrire l'impression que ce seul regard donne à l'œil et à l'ame; sous nos pas, dans le lit du torrent, au milieu des champs, autour de tous les troncs d'arbres, des blocs immenses de granit rouge ou gris, de porphire sanguin, de marbre blanc, de pierre jaune aussi éclatante que le marbre de Paros, tronçons de colonnes, chapiteaux ciselés, architraves, volutes, corniches, entablemens, piédestaux, membres épars et qui semblent palpitans, des statues tombées la face contre terre, tout cela confus, groupé en monceaux, disséminé en mille fragmens, et ruisselant de toutes parts comme les laves d'un volcan qui vomirait les débris d'un grand empire! A peine un sentier pour se glisser à travers ces balayures des arts qui couvrent toute la terre; et le fer de nos chevaux glissait et se brisait à chaque pas sur l'acanthe polie des corniches, ou sur le sein de neige d'un torse de femme: l'eau seule de la rivière de Balbek se faisant jour parmi ces lits de fragmens, et lavant de son écume murmurante les brisures de ces marbres qui font obstacle à son cours.

Au-delà de ces écumes de débris qui forment de véritables dunes de marbre, la colline de Balbek, plate-forme de mille pas de long, de sept cents pieds de large, toute bâtie de mains d'hommes, en pierres de taille, dont quelques-unes ont cinquante à soixante pieds de longueur sur vingt à vingt-deux d'élévation, mais la plupart de quinze à trente; cette colline de granit taillé se présentait à nous, par son extrémité orientale, avec ses bases profondes et ses revêtemens incommensurables, où trois morceaux de granit forment cent quatre-vingts pieds de développement, et près de quatre mille pieds de surface, avec les larges embouchures de ses voûtes souterraines où l'eau de la rivière s'engouffrait en bondissant, où le vent jetait avec l'eau des murmures semblables aux volées lointaines des grandes cloches de nos cathédrales. Sur cette immense plate-forme, l'extrémité des grands temples se montrait à nous, détachée de l'horizon bleu et rosé, en couleur d'or. Quelques uns de ces monumens déserts semblaient intacts et sortis d'hier des mains de l'ouvrier; d'autres ne présentaient plus que des restes encore debout, des colonnes isolées, des pans de murailles inclinés, et des frontons démantelés; l'œil se perdait dans les avenues étincelantes des colonnades de ces divers temples, et l'horizon trop élevé nous empêchait de voir où finissait ce peuple de pierre. Les sept colonnes gigantesques du grand temple, portant encore majestueusement leur riche et colossal entablement, dominaient toute cette scène et se perdaient dans le ciel bleu du désert, comme un autel aérien pour les sacrifices des géans.

Nous ne nous arrêtâmes que quelques minutes pour reconnaître seulement ce que nous venions visiter à travers tant de périls et tant de distances; et sûrs enfin de posséder pour le lendemain ce spectacle que les rêves même ne pourraient nous rendre, nous nous remîmes en marche. Le jour baissait, il fallait trouver un asile, ou sous la tente, ou sous quelque voûte de ces ruines, pour passer la nuit et nous reposer d'une marche de quatorze heures. Nous laissâmes à gauche la montagne de ruines, et une vaste plage toute blanche de débris, et traversant quelques champs de gazon brouté par les chèvres et les chameaux, nous nous dirigeâmes vers une fumée qui s'élevait à quelque cent pas de nous d'un groupe de ruines entremêlées de masures arabes. Le sol était inégal et montueux et retentissait sous les fers de nos chevaux, comme si les souterrains que nous foulions allaient s'entr'ouvrir sous leurs pas. Nous arrivâmes à la porte d'une cabane basse et à demi cachée par des pans de marbre dégradés, et dont la porte et les étroites fenêtres sans vitres et sans volets étaient construites de débris de marbre et de porphire mal collés ensemble avec un peu de ciment. Une petite ogive de pierre s'élevait d'un ou deux pieds au-dessus de la plate-forme qui servait de toit à cette masure, et une petite cloche semblable à celle que l'on peint sur la grotte des hermites y tremblait aux bouffées du vent. C'était le palais épiscopal de l'évêque arabe de Balbek qui surveille dans ce désert un petit troupeau de douze ou quinze familles chrétiennes de la communion grecque, perdues au milieu de ces déserts et de la tribu féroce des Arabes indépendans des Békàa. Jusque là nous n'avions vu aucun être vivant que les chacals qui couraient entre les colonnes du grand temple et les petites hirondelles au collier de soie rose qui bordaient, comme un ornement d'architecture orientale, les corniches de la plate-forme. L'évêque, averti par le bruit de notre caravane, arriva bientôt, et, s'inclinant sur sa porte, m'offrit l'hospitalité. C'était un beau vieillard aux cheveux et à la barbe d'argent, à la physionomie grave et douce, à la parole noble, suave et cadencée, tout-à-fait semblable à l'idée du prêtre dans le poème ou dans le roman, et digne en tout de montrer sa figure de paix, de résignation et de charité dans cette scène solennelle de ruines et de méditation. Il nous fit entrer dans une petite cour intérieure pavée aussi d'éclats de statue, de morceaux de mosaïque, et de vases antiques, et nous livrant sa maison, c'est-à-dire deux petites chambres basses sans meubles et sans portes, il se retira et nous laissa, suivant la coutume orientale, maîtres absolus de sa demeure. Pendant que nos Arabes plantaient en terre autour de la maison les chevilles de fer pour y attacher par des anneaux les jambes de nos chevaux et que d'autres allumaient un feu dans la cour pour nous préparer le pilau et cuire les galettes d'orge, nous sortîmes pour jeter un second regard sur les monumens qui nous environnaient. Les grands temples étaient devant nous comme des statues sur leur piédestal; le soleil les frappait d'un dernier rayon qui se retirait lentement d'une colonne à l'autre, comme les lueurs d'une lampe que le prêtre emporte au fond du sanctuaire; les mille ombres des portiques, des piliers, des colonnades, des autels, se répandaient mouvantes sous la vaste forêt de pierre, et remplaçaient peu à peu sur l'acropolis les éclatantes lueurs du marbre et du travertin. Plus loin, dans la plaine, c'était un océan de ruines qui ne se perdait qu'à l'horizon; on eût dit des vagues de pierre brisées contre un écueil, et couvrant une immense plage de leur blancheur et de leur écume. Rien ne s'élevait au-dessus de cette mer de débris, et la nuit qui tombait des hauteurs déjà grises d'une chaîne de montagnes les ensevelissait successivement dans son ombre. Nous restâmes quelques momens assis, silencieux et pensifs, devant ce spectacle sans paroles, et nous rentrâmes à pas lents dans la petite cour de l'évêque, éclairée par le foyer des Arabes.

Assis sur quelques fragmens de corniches

et de chapiteaux qui servaient de bancs dans la cour, nous mangeâmes rapidement le sobre repas du voyageur dans le désert, et nous restâmes quelque temps à nous entretenir, avant le sommeil, de ce qui remplissait nos pensées. Le foyer s'éteignait, mais la lune se levait pleine et éclatante dans le ciel limpide, et passant à travers les crénelure d'un grand mur de pierres blanches et les dentelures d'une fenêtre en arabesque, qui bornaient la cour du côté du désert, elle éclairait l'enceinte d'une clarté qui rejaillissait sur toutes les pierres. Le silence et la rêverie nous gagnèrent; ce que nous pensions à cette heure, à cette place, si loin du monde vivant, dans ce monde mort, en présence de tant de témoins muets, d'un passé inconnu, mais qui bouleverse toutes nos petites théories d'histoire et de philosophie de l'humanité; ce qui se remuait dans nos esprits ou dans nos cœurs, de nos systèmes, de nos idées, hélas! et peut-être aussi de nos souvenirs et de nos sentimens individuels, Dieu seul le sait, et nos langues n'essayaient pas de le dire ; elles auraient craint de profaner la solennité de cette heure, de cet astre, de ces pensées mêmes; nous nous taisions. Tout à coup, comme une plainte douce et amoureuse, comme un murmure grave et accentué par la passion sortit des ruines derrière ce grand mur percé d'ogives arabesques et dont le toit nous avait paru écroulé sur lui-même; ce murmure vague et confus s'enfla, se prolongea, s'éleva plus fort et plus haut, et nous distinguâmes un chant nourri de plusieurs voix en chœur, un chant monotone, mélancolique et tendre qui montait, qui baissait, qui mourait, qui renaissait alternativement et qui se répondait à lui-même : c'était la prière du soir que l'évêque arabe faisait avec son petit troupeau, dans l'enceinte éboulée de ce qui avait été son église, monceaux de ruines entassées récemment par une tribu d'Arabes idolâtres. Rien ne nous avait préparés à cette musique de l'ame, dont chaque note est un sentiment ou un soupir du cœur humain, dans cette solitude, au fond des déserts, sortant ainsi des pierres muettes accumulées par les tremblemens de terre, par les Barbares et par le temps. Nous fûmes frappés de saisissement, et nous accompagnâmes des élans de notre pensée, de notre prière et de toute notre poésie intérieure, les accens de cette poésie sainte, jusqu'à ce que les litanies chantées eussent accompli leur refrain monotone, et que le dernier soupir de ces voix pieuses se fût assoupi dans le silence accoutumé de ces vieux débris.

Voilà, nous disions-nous en nous levant, ce que sera sans doute la poésie des derniers âges : soupir et prière sur des tombeaux, aspiration plaintive vers un monde qui ne connaîtra ni mort ni ruines.

Mais j'en vis une bien plus frappante image quelques mois après dans un voyage au Liban ; je demande encore la permission de le peindre.

Je redescendais des dernières sommités de ces alpes ; j'étais l'hôte du scheik d'Éden, village arabe maronite, suspendu sous la dent la plus aiguë de ces montagnes, aux limites de la végétation, et qui n'est habitable que l'été. Ce noble et respectable vieillard était venu me chercher avec ses fils et quelques-uns de ses serviteurs, jusqu'aux environs de Tripoli de Syrie, et m'avait reçu dans son château d'Éden avec la dignité, la grace de cœur et l'élégance de manières que l'on pourrait imaginer dans un des vieux seigneurs de la cour de Louis XIV. Les arbres entiers brûlaient dans le large foyer; les moutons, les chevreaux, les cerfs étaient étalés par piles dans les vastes salles, et les outres séculaires des vins d'or du Liban, apportées de la cave par ses serviteurs, coulaient pour nous et pour notre escorte; après avoir passé quelques jours à étudier ces belles mœurs homériques, poétiques comme les lieux mêmes où nous les retrouvions, le scheik me donna son fils aîné et un certain nombre de cavaliers arabes pour me conduire aux cèdres de Salomon; arbres fameux qui consacrent encore la plus haute cime du Liban et que l'on vient vénérer depuis des siècles, comme les derniers témoins de la gloire de Salomon. Je ne les décrirai point ici, mais au retour de cette journée mémorable pour un voyageur, nous nous égarâmes dans les sinuosités de rochers et dans les nombreuses et hautes vallées dont ce groupe du Liban est déchiré de toutes parts, et nous nous trouvâmes tout à coup sur le bord à pic d'une immense muraille de rochers de quelques mille pieds de profondeur, qui cernent la Vallée des Saints. Les parois de ce rempart de granit étaient tellement perpendiculaires, que les chevreuils mêmes de la montagne n'auraient pu y trouver un sentier, et que nos Arabes étaient obligés de se coucher le ventre contre terre et de se pencher sur l'abîme pour découvrir le fond de la vallée; le soleil baissait, nous avions marché bien des heures, il nous en aurait fallu plusieurs encore pour retrouver notre sentier perdu et regagner Éden ; nous descendîmes de cheval, et nous confiant à un de nos guides qui connaissait, non loin de là, un escalier de roc vif, taillé jadis par les moines maronites, habitans immémoriaux de cette vallée, nous suivîmes quelque temps les bords de la corniche, et nous descendîmes enfin par ces marches glissantes, sur une plate-forme détachée du roc et qui dominait tout cet horizon.

La vallée s'abaissait d'abord par des pentes larges et douces du pied des neiges et des cèdres qui formaient une tache noire sur ces neiges; là elle se déroulait sur des pelouses d'un vert jaune et tendre comme celui des hautes croupes du Jura ou des Alpes, et une multitude de filets d'eau écumante sortis çà et là du pied des neiges fondantes sillonnaient ces pentes gazonnées et venaient se réunir en une seule masse de flots et d'écume au pied du premier gradin de rochers. Là, la vallée s'enfonçait tout à coup à quatre ou cinq cents pieds de profondeur, et le torrent se précipitait avec elle, et s'étendant sur une large surface, tantôt couvrait le rocher comme d'un voile liquide et transparent, tantôt s'en détachait en voûtes élancées, et tombant enfin sur des blocs immenses et aigus de granit arrachés du sommet, s'y brisait en lambeaux flottans et retentissait comme un tonnerre éternel. Le vent de sa chute arrivait jusqu'à nous en emportant comme de légers brouillards la fumée de l'eau à mille couleurs, la promenait çà et là sur toute la vallée ou la suspendait en rosée aux branches des arbustes et aux aspérités du roc. En se prolongeant vers le nord, la Vallée des Saints se creusait de plus en plus et s'élargissait davantage; puis à environ deux milles du point où nous étions placés, deux montagnes nues et couvertes d'ombres se rapprochaient en s'inclinant l'une vers l'autre, laissant à peine une ouverture de quelques toises entre leurs deux extrémités, où la vallée allait se terminer et se perdre avec ses pelouses, ses vignes hautes, ses peupliers, ses cyprès et son torrent de lait. Au dessus des deux monticules qui l'étranglaient ainsi, on apercevait à l'horizon comme un lac d'un bleu plus sombre que le ciel, c'était un morceau de la mer de Syrie, encadré par un golfe fantastique d'autres montagnes du Liban. Ce golfe était à vingt lieues de nous, mais la transparence de l'air nous le montrait comme à nos pieds et nous distinguions même deux navires à la voile qui, suspendus entre le bleu du ciel et celui de la mer, et diminués par la distance, ressemblaient à deux cygnes planant dans notre horizon. Ce spectacle nous saisit tellement d'abord que nous n'arrêtâmes nos regards sur aucun détail de la vallée; mais quand le premier éblouissement fut passé et que notre œil put percer à travers la vapeur flottante du soir et des eaux, une scène d'une autre nature se déroula peu à peu devant nous.

A chaque détour du torrent où l'écume laissait un peu de place à la terre, un couvent de moines maronites se dessinait en pierres d'un brun sanguin sur le gris du rocher, et sa fumée s'élevait dans les airs entre des cîmes de peupliers et de cyprès. Autour des couvens, de petits champs, conquis sur le roc ou le torrent, semblaient cultivés comme les parterres les plus soignés de nos maisons de campagne, et çà et là on apercevait ces maronites, vêtus de leur capuchon noir, qui rentraient du travail des champs, les uns avec la bêche sur l'épaule, les autres conduisant de petits troupeaux de poulains arabes, quelques-uns tenant le manche de la charrue et piquant leurs bœufs entre les mûriers. Plusieurs de ces demeures de prières et de travail étaient suspendues avec leurs chapelles et leurs ermitages sur les caps avancés des deux immenses chaînes de montagnes; un certain nombre étaient creusées comme des grottes de bêtes fauves dans le rocher même. On n'apercevait que la porte surmontée d'une ogive vide où pendait la cloche, et quelques petites terrasses taillées sous la voûte même du roc où les moines vieux et infirmes venaient respirer l'air et voir un peu de soleil, partout où le pied de l'homme pouvait atteindre. Sur certains rebords des précipices l'œil ne pouvait apercevoir aucun accès, mais, là même, un couvent, une croix, une solitude, un oratoire, un ermitage et quelques figures de solitaires circulant parmi les roches ou les arbustes, travaillant, lisant ou priant. Un de ces couvens était une imprimerie arabe pour l'instruction du peuple maronite, et l'on voyait sur la terrasse une foule de moines allant et venant et étendant sur des claies ou roseaux les feuilles blanches du papier humide. Rien ne peut peindre, si ce n'est le pinceau, la multitude et le pittoresque de ces retraites. Chaque pierre semblait avoir enfanté sa cellule, chaque grotte son ermite; chaque source avait son mouvement et sa vie, chaque arbre son solitaire sous son ombre. Partout où l'œil tombait, il voyait la vallée, la montagne, les précipices s'animer pour ainsi dire sous son regard, et une scène de vie, de prière, de contemplation se détacher de ces masses éternelles, ou s'y mêler pour les consacrer. Mais bientôt le soleil tomba, les travaux du jour cessèrent, et toutes les figures noires répandues dans la vallée rentrèrent dans les grottes ou dans les monastères. Les cloches sonnèrent de toutes parts l'heure du recueillement et des offices du soir; les unes avec la voix forte et vibrante des grands vents sur la mer; les autres avec les voix légères et argentines des oiseaux dans les champs de blé; celles-ci plaintives et lointaines comme des soupirs dans la nuit et dans le désert; toutes ces cloches se répondaient des deux bords opposés de la vallée, et les mille échos des grottes et des précipices se les renvoyaient en murmures confus et répercutés, mêlés avec le mugissement du torrent, des cèdres, et les mille chutes sonores des sources et des cascades dont les deux flancs des monts sont sillonnés. Puis il se fit un moment de silence, et un nouveau bruit plus doux, plus mélancolique et plus grave remplit la vallée; c'était le chant des psaumes qui s'élevant à la fois de chaque monastère, de chaque église, de chaque oratoire, de chaque cellule des rochers, se mêlait, se confondait en montant jusqu'à nous comme un vaste murmure, et ressemblait à une seule plainte mélodieuse de la vallée tout entière qui venait de prendre une ame et une voix; puis un nuage d'encens monta de chaque toit, sortit de chaque grotte, et parfuma cet air que les anges auraient pu respirer. Nous restâmes muets et enchantés comme ces esprits célestes quand, planant pour la première fois sur le globe qu'ils croyaient désert, ils entendirent monter de ces mêmes bords la première prière des hommes; nous comprîmes ce que c'était que la voix de l'homme pour vivifier la nature la plus morte, et ce que ce serait que la poésie à la fin des temps, quand tous les sentimens du cœur humain éteints et absorbés dans un seul, la poésie ne serait plus ici-bas qu'une adoration et un hymne!

Mais nous ne sommes pas à ces temps : le monde est jeune, car la pensée mesure encore une distance incommensurable entre l'état actuel de l'humanité et le but qu'elle peut atteindre ; la poésie aura d'ici là de nouvelles, de hautes destinées à remplir.

Elle ne sera plus lyrique dans le sens où nous prenons ce mot ; elle n'a plus assez de jeunesse, de fraîcheur, de spontanéité d'impression pour chanter comme au premier réveil de la pensée humaine. Elle ne sera plus épique ; l'homme a trop vécu, trop réfléchi pour se laisser amuser, intéresser par les longs écrits de l'épopée, et l'expérience a détruit sa foi aux merveilles dont le poème épique enchantait sa crédulité ; elle ne sera plus dramatique ; parce que la scène de la vie réelle a, dans nos temps de liberté et d'action politique, un intérêt plus pressant, plus réel et plus intime que la scène du théâtre ; parce que les classes élevées de la société ne vont plus au théâtre pour être émues, mais pour juger; parce que la société est devenue critique de naïve qu'elle était. Il n'y a plus de bonne foi dans ses plaisirs. Le drame va tomber au peuple; il était né du peuple et pour le peuple, il y retourne; il n'y a plus que la classe populaire qui porte son cœur au théâtre. Or, le drame populaire, destiné aux classes illétrées, n'aura pas de long-temps une expression assez noble, assez élégante, assez élevée pour attirer la classe lettrée; la classe lettrée abandonnera donc le drame; et quand le drame populaire aura élevé son parterre jusqu'à la hauteur de la langue d'élite, cet auditoire le quittera encore et il lui faudra sans cesse redescendre pour être senti. Des hommes de génie tentent, en ce moment même, de faire violence à cette destinée du drame. Je fais des vœux pour leur triomphe. Et dans tous les cas il restera de glorieux monumens de leur lutte. C'est une question d'aristocratie et de démocratie; le drame est l'image la plus fidèle de la civilisation.

La poésie sera de la raison chantée ; voilà sa destinée pour long-temps ; elle sera philosophique, religieuse, politique, sociale, comme les époques que le genre humain va traverser; elle sera intime surtout, personnelle, méditative et grave; non plus un jeu de l'esprit, un caprice mélodieux de la pensée légère et superficielle, mais l'écho profond, réel, sincère des plus hautes conceptions de l'intelligence, des plus mystérieuses impressions de l'ame. Ce sera l'homme lui-même et non plus son image, l'homme sincère et tout entier. Les signes avant-coureurs de cette transformation de la poésie sont visibles depuis plus d'un siècle; — ils se multiplient de nos jours. La poésie s'est dépouillée de plus en plus de sa forme artificielle, elle n'a presque plus de forme qu'elle-même. — A mesure que tout s'est spiritualisé dans le monde, elle aussi se spiritualise. Elle ne veut plus de mannequin, elle n'invente plus de machine; car la première chose que fait maintenant l'esprit du lecteur, c'est de dépouiller le mannequin, c'est de démonter la machine et de chercher la poésie seule dans l'œuvre poétique, et de chercher aussi l'ame du poète sous sa poésie. Mais sera-t-elle morte pour être plus vraie, plus sincère, plus réelle qu'elle ne le fut jamais ? Non sans doute ; elle aura plus de vie, plus d'intensité, plus d'action qu'elle n'en eut encore ! et j'en appelle à ce siècle naissant qui déborde de tout ce qui est la poésie même, amour, religion, liberté, et je me demande s'il y eut jamais dans les époques littéraires un moment si remarquable en talens éclos, et en promesses qui éclorront à leur tour ? Je le sais mieux que personne, car j'ai été souvent le confident inconnu de ces mille voix mystérieuses qui chantent dans le monde ou dans la solitude, et qui n'ont pas encore d'écho dans leur renommée. Non, il n'y eut jamais autant de poètes et plus de poésie qu'il n'y en a en France et en Europe, au moment où j'écris ces lignes, au moment où quelques esprits superficiels ou préoccupés s'écrient que la poésie a accompli ses destinées et prophétisent la décadence de l'humanité. Je ne vois aucun signe de décadence dans l'intelligence humaine, aucun symptôme de lassitude ni de vieillesse; je vois des institutions vieillies qui s'écroulent, mais des générations rajeunies que le souffle de vie tourmente et pousse en tous sens, et qui reconstruiront sur des plans inconnus cette œuvre infinie que Dieu a donné à faire et à refaire sans cesse à l'homme, sa propre destinée. Dans cette œuvre, la poésie a sa place, quoique Platon voulût l'en bannir. C'est elle qui plane sur la société et qui la juge, et qui, montrant à l'homme la vulgarité de son œuvre, l'appelle des utopies, des républiques imaginaires, des cités de Dieu, et lui souffle au cœur le courage de les tenter et l'espérance de les atteindre.

A côté de cette destinée philosophique, rationnelle, politique, sociale de la poésie à venir, elle a une destinée nouvelle à accomplir; elle doit suivre la pente des institutions et de la presse; elle doit se faire peuple et devenir populaire comme la religion, la raison et la philosophie. La presse commence à pressentir cette œuvre, œuvre immense et puissante qui, en portant sans cesse à tous la pensée de tous, abaissera les montagnes, élèvera les vallées, nivellera les inégalités des intelligences, et ne laissera bientôt plus d'autre puissance sur la terre que celle de la raison universelle qui aura multiplié sa force par la force de tous. Sublime et incalculable association de toutes les pensées dont les résultats ne peuvent être appréciés que par celui qui a permis à l'homme de la concevoir et de la réaliser ! La poésie de nos jours a déjà tenté cette forme, et des talens d'un ordre élevé se sont abaissés pour tendre la main au peuple; la poésie s'est faite chanson, pour courir sur l'aile du refrain dans les camps ou dans les chaumières; elle y a porté quelques nobles souvenirs, quelques généreuses inspirations, quelques sentimens de morale sociale; mais cependant il faut le déplorer, elle n'a guère popularisé que des passions, des haines ou des envies. C'est à populariser des vérités, de l'amour, de la raison, des sentimens exaltés de religion et d'enthousiasme, que ces génies populaires doivent consacrer leur puissance à l'avenir. Cette poésie est à créer; l'époque la demande, le peuple en a soif; il est plus poète par l'ame que nous, car il est plus près de la nature; mais il a besoin d'un interprète entre cette nature et lui; c'est à nous de lui en servir, et de lui expliquer par ses sentimens rendus dans sa langue, ce que Dieu a mis de bonté, de noblesse, de générosité, de patriotisme et de piété enthousiaste dans son cœur. Toutes les époques primitives de l'humanité ont eu leur poésie ou leur spiritualisme chanté; la civilisation avancée serait-elle la seule époque qui fît taire cette voix intime et consolante de l'humanité? Non, sans doute, rien ne meurt dans l'ordre éternel des choses, tout se transforme: la poésie est l'ange gardien de l'humanité à tous ses âges.

Il y a un morceau de poésie nationale dans la Calabre, que j'ai entendu chanter souvent aux femmes d'Amalfi en revenant de la fontaine. Je l'ai traduit autrefois en vers, et ces vers me semblent s'appliquer si bien au sujet que je traite, que je ne puis me refuser à les insérer ici. C'est une femme qui parle:

Quand assise à douze ans à l'angle du verger,
Sous les citrons en fleurs ou les amandiers roses,
Le souffle du printemps sortait de toutes choses,
Et faisait sur mon cou mes boucles voltiger,
Une voix me parlait si douce au fond de l'ame,
Qu'un frisson de plaisir en courait sur ma peau;
Ce n'était pas le vent, la cloche, le pipeau,
Ce n'était nulle voix d'enfant, d'homme ou de femme;

C'était vous! c'était vous, ô mon Ange gardien,
C'était vous dont le cœur déjà parlait au mien!

Quand plus tard mon fiancé venait de me quitter,
Après des soirs d'amour au pied du sycomore,

Quand son dernier baiser retentissait encore
Au cœur qui sous sa main venait de palpiter,
La même voix tintait long-temps dans mes oreilles,
Et sortant de mon cœur m'entretenait tout bas;
Ce n'était pas sa voix ni le bruit de ses pas,
Ni l'écho des amans qui chantaient sous les treilles;

C'était vous! c'était vous, ô mon Ange gardien,
C'était vous dont le cœur parlait encore au mien!

Quand jeune et déjà mère autour de mon foyer
J'assemblais tous les biens que le ciel nous prodigue,
Qu'à ma porte un figuier laissait tomber sa figue
Aux mains de mes garçons qui le faisaient ployer,
Une voix s'élevait de mon sein tendre et vague,
Ce n'était pas le chant du coq ou de l'oiseau,
Ni des souffles d'enfans dormant dans leur berceau,
Ni la voix des pêcheurs qui chantaient sur la vague;

C'était vous! c'était vous, ô mon Ange gardien,
C'était vous dont le cœur chantait avec le mien!

Maintenant je suis seule et vieille à cheveux blancs,
Et le long des buissons abrités de la bise,
Chauffant ma main ridée au foyer que j'attise,
Je garde les chevreaux et les petits enfans;
Cependant dans mon sein la voix intérieure
M'entretient, me console et me chante toujours;

Ce n'est plus cette voix du matin de mes jours,
Ni l'amoureuse voix de celui que je pleure,

Mais c'est vous, oui, c'est vous, ô mon Ange gardien,
Vous dont le cœur me reste et pleure avec le mien.

Ce que ces femmes de Calabre disaient ainsi de leur ange gardien, l'humanité peut le dire de la poésie. C'est aussi cette voix intérieure qui lui parle à tous les âges, qui aime, chante, prie ou pleure avec elle à toutes les phases de son pélerinage séculaire ici-bas.

Maintenant, puisque ceci est une préface, il faudrait parler du livre et de moi; eh bien! je le ferai avec une sincérité entière. Le livre n'est point un livre, ce sont des feuilles détachées et tombées presque au hasard sur la route inégale de ma vie et recueillies par la bienveillance des ames tendres, pensives et religieuses. C'est le symbole vague et confus de mes sentimens et de mes idées à mesure que les vicissitudes de l'existence et le spectacle de la nature et de la société les faisaient surgir dans mon cœur ou les jetaient dans ma pensée; ces sentimens et ces idées ont varié avec ma vie même, tantôt sereines et heureuses comme le matin du cœur, tantôt ardentes et profondes comme les passions de trente ans, tantôt désespérées comme la mort et sceptiques comme le silence du sépulcre, quelquefois rêveuses comme l'espérance, pieuses comme la foi, enflammées comme cet amour divin qui est l'ame cachée de toute la nature. Mais quelle qu'ait été, quelle que puisse être encore la diversité de ces impressions jetées par la nature dans mon ame, et par mon ame dans mes vers, le fond en fut toujours un profond instinct de la divinité dans toutes choses; une vive évidence, une intuition plus ou moins éclatante de l'existence et de l'action de Dieu dans la création matérielle et dans l'humanité pensante; une conviction ferme et inébranlable que Dieu était le dernier mot de tout! et que les philosophies, les religions, les poésies n'étaient que des manifestations plus ou moins complètes de nos rapports avec l'être infini; des échelons plus ou moins sublimes pour nous approcher successivement de *celui qui est!* Les religions sont la poésie de l'ame.

Ces poésies auxquelles la soif ardente de cette époque a prêté souvent un prix, une saveur qu'elles n'avaient pas en elles-mêmes, sont bien loin de répondre à mes désirs et d'exprimer ce que j'ai senti; elles sont très-imparfaites, très-négligées, très-incomplètes, et je ne pense pas qu'elles vivent bien long-temps dans la mémoire de ceux dont la poésie est la langue; je ne me repens cependant pas de les avoir publiées; elles ont été une note au moins de ce grand et magnifique concert d'intelligence que la terre exhale de siècle en siècle vers son auteur, que le souffle du temps laisse flotter harmonieusement quelques jours sur l'humanité, et qu'il emporte ensuite où vont plus ou moins vite toutes les choses mortelles.

Elles auront été le soupir modulé de mon ame en traversant cette vallée d'exil et de larmes, ma prière chantée au grand être; et aussi quelquefois l'hymne de mon enthousiasme, de mon amitié ou de mon amour pour ce que j'ai vu, connu, admiré ou aimé de bon et de beau parmi les hommes. Un souvenir à toutes les vies dont j'ai vécu et que j'ai perdues!

La pensée politique et sociale qui travaille le monde intellectuel et qui m'a toujours fortement travaillé moi-même, m'arrache pour deux ou trois ans tout au plus aux pensées poétiques et philosophiques que j'estime à bien plus haut prix que la politique. La poésie, c'est l'idée; la politique, c'est le fait; autant l'idée est au-dessus du fait, autant la poésie est au-dessus de la politique. Mais l'homme ne vit pas seulement d'idéal; il faut que cet idéal s'incarne et se résume pour lui dans des institutions sociales; il y a des époques où ces institutions, qui représentent la pensée de l'humanité, sont organisées et vivantes; la société alors marche toute seule, et la pensée peut s'en séparer et de son côté vivre seule dans des régions de son choix; il y en a d'autres où les institutions usées par les siècles tombent en ruines de toutes parts et où chacun doit apporter sa pierre et son ciment pour reconstruire un abri à l'humanité. Ma conviction est que nous sommes à une de ces grandes époques de reconstruction, de rénovation sociale; il ne s'agit pas seulement de savoir si le pouvoir passera de telles mains royales dans telles mains populaires; si ce sera la noblesse, le sacerdoce ou la bourgeoisie qui prendront les rênes des gouvernemens nouveaux, si nous nous appellerons empires ou républiques : il s'agit de plus; il s'agit de décider si l'idée de morale, de religion, de charité évangélique sera substituée à l'idée d'égoïsme dans la politique; si *Dieu* dans son acception la plus pratique descendra enfin dans nos lois ; si tous les hommes consentiront à voir enfin dans tous les autres hommes des frères, ou continueront à y voir des ennemis ou des esclaves. L'idée est mûre, les temps sont décisifs; un petit nombre d'intelligences appartenant au hasard à toutes les diverses dénominations d'opinions politiques, portent l'idée féconde dans leurs têtes et dans leurs cœurs; je suis du nombre de ceux qui veulent sans violence, mais avec hardiesse et avec foi, tenter enfin de réaliser cet idéal qui n'a pas en vain travaillé toutes les têtes au-dessus du niveau de l'humanité, depuis la tête incommensurable du Christ jusqu'à celle de Fénélon; les ignorances, les timidités des gouvernemens, nous servent et nous font place; elles dégoûtent successivement dans tous les partis les hommes qui ont de la portée dans le regard et de la générosité dans le cœur, ces hommes désenchantés tour à tour de ces symboles menteurs qui ne les représentent plus, vont se grouper autour de l'idée seule, et la force des hommes viendra à eux s'ils comprennent la force de Dieu et s'ils sont dignes qu'elle repose sur eux par leur désintéressement et par leur foi dans l'avenir. C'est pour apporter une conviction, une parole de plus à ce groupe politique, que je renonce momentanément à la solitude, seul asile qui reste à ma pensée souffrante. Dès qu'il sera formé, dès qu'il aura une place dans la presse et dans les institutions, je rentrerai dans la vie poétique. Un monde de poésie roule dans ma tête, je ne désire rien, je n'attends rien de la vie que des peines et des pertes de plus. Je me coucherais dès aujourd'hui avec plaisir dans le lit de mon sépulcre; mais j'ai toujours demandé à Dieu de ne pas mourir sans avoir révélé à lui, au monde, à moi-même, une création de cette poésie qui a été ma seconde vie ici-bas; de laisser après moi un monument quelconque de ma pensée; ce monument, c'est un poème; je l'ai construit et brisé cent fois dans ma tête, et les vers que j'ai publiés ne sont que des ébauches mutilées, des fragmens brisés de ce poème de mon ame. Serai-je plus heureux maintenant que je touche à la maturité de la vie? Ne laisserai-je ma pensée poétique que par fragmens et par ébauches, ou lui donnerai-je enfin la forme, la masse et la vie dans un tout qui la coordonne et la résume, dans une œuvre qui se tienne debout et qui vive quelques années après moi? Dieu seul le sait, et qu'il me l'accorde ou non, je ne l'en bénirai pas moins. Lui seul sait à quelle destinée il appelle ses créatures, et pénible ou douce, éclatante ou obscure, cette destinée est toujours parfaite, si elle est acceptée avec résignation et en inclinant la tête!

Maintenant, il ne me reste qu'à remercier toutes les ames tendres et pieuses de mon temps, tous mes frères en poésie qui ont accueilli avec tant de fraternité et d'indulgence les faibles notes que j'ai chantées jusqu'ici pour eux. Je ne pense pas qu'aucun poète romain ait reçu plus de marques de sympathie, plus de signes d'intelligence et d'amitié de la jeunesse de son temps que je n'en ai reçu moi-même; moi si incomplet, si inégal, si peu digne de ce nom de poète; ce sont des espérances et non des réalités que l'on a saluées et caressées en moi. La Providence me force à tromper toutes ces espérances; mais que ceux qui m'ont ainsi encouragé dans toutes les parties de la France et de l'Europe sachent combien mon cœur a été sensible à cette sympathie qui a été ma plus douce récompense, qui a noué entre nous les liens invisibles d'une amitié intellectuelle. Ils m'ont rendu bien au-delà de ce que je leur ai donné: je ne sais quel poète disait, qu'une critique lui faisait cent fois plus de peine que tous les éloges ne pourraient lui faire de plaisir. Je le plains et je ne le comprends pas: quant à moi, je puis sans peine oublier toutes les critiques fondées ou non qui m'ont assailli sur ma route. Et d'abord j'ai la conscience d'en avoir mérité beaucoup ; mais fussent-elles toutes injustes et amères, elles auraient été amplement compensées par cette foule innombrable de lettres que j'ai reçues de mes amis inconnus. Une douleur que vos vers ont pu endormir un moment, un enthousiasme que vous avez allumé le premier dans un cœur jeune et pur, une prière confuse de l'ame à laquelle vous avez donné une parole et un accent, un soupir qui a répondu à un de vos soupirs, une larme d'émotion qui est tombée à votre voix de la paupière d'une jeune femme, un nom chéri, symbole de vos affections les plus intimes, et que vous avez consacré dans une langue moins fragile que la langue vulgaire, une mémoire de mère, de femme, d'amie, d'enfant, que vous avez embaumée pour les siècles dans une strophe de sentiment et de poésie! La moindre de ces choses saintes consolerait de toutes les critiques, et vaut cent fois, pour l'ame du poète, ce que ses faibles vers lui ont coûté de veilles ou d'amertume.

Paris, 11 février 1834.

www.ingramcontent.com/pod-product-compliance
Ingram Content Group UK Ltd.
Pitfield, Milton Keynes, MK11 3LW, UK
UKHW022130190726
13855UKWH00003B/1092

9 782013 081689